AF497930

Collection de Mademoiselle DELLA TORRE

ESTAMPES

IMPRIMÉES EN COULEURS

Des Écoles Anglaise & Française

DU XVIIIᵉ SIÈCLE

OBJETS D'ART & D'AMEUBLEMENT

DU XVIIIᵉ SIÈCLE

Collection de Mademoiselle DELLA TORRE

ESTAMPES

IMPRIMÉES EN COULEURS

DES ÉCOLES ANGLAISE & FRANÇAISE

DU XVIIIe SIÈCLE

OBJETS D'ART & D'AMEUBLEMENT

DU XVIIIe SIÈCLE

CONDITIONS DE LA VENTE

Elle sera faite au comptant.

Les acquéreurs payeront *dix pour cent* en sus des enchères.

M. Danlos se réserve la faculté de réunir ou de diviser les lots d'estampes.

Elles sont toutes encadrées et, sauf les quelques légers défauts signalés, sont en très bon état.

Elles seront exposées, 15, quai Voltaire, du lundi 27 avril au samedi 2 mai.

Il a été seulement fait mention des cadres anciens.

Paris. — Imprimerie Georges Petit, 12, rue Godot-de-Mauroi. — 28502-11.

CATALOGUE

DE

TRÈS BELLES ESTAMPES

IMPRIMÉES EN COULEURS

Des Écoles Anglaise & Française

DU XVIIIe SIÈCLE

Objets d'Art & d'Ameublement

DU XVIIIe SIÈCLE

Porcelaines de Saxe et de Chine

Bronzes d'Ameublement

MOBILIER DE SALON & FAUTEUILS

RECOUVERTS EN TAPISSERIE

SIÈGES VARIÉS

BEAUX MEUBLES D'ÉBÉNISTERIE

Par Coulon, Garnier, Roussel, Tuart, etc.

TAPIS D'ORIENT

Composant la Collection de Mademoiselle DELLA TORRE

ET DONT LA VENTE AUX ENCHÈRES PUBLIQUES AURA LIEU A PARIS

HOTEL DROUOT. Salles N°s 7 et 8 réunies

Le Jeudi 7 Mai 1914, à 2 heures

COMMISSAIRES-PRISEURS

Me F. LAIR-DUBREUIL	Me HENRI BAUDOIN
6, rue Favart, 6	10, rue Grange-Batelière, 10

EXPERTS

Pour les Estampes :	*Pour les Meubles et Objets d'Art :*
M. A. DANLOS	**MM. PAULME & B. LASQUIN fils**
15, quai Voltaire, 15	10, rue Chauchat, 10 11, rue Grange-Batelière, 11

EXPOSITIONS

PARTICULIÈRE : *Le Mardi 5 Mai 1914, de 1 heure 1/2 à 6 heures.*

PUBLIQUE : *Le Mercredi 6 Mai 1914, de 1 heure 1/2 à 6 heures.*

Entrée par la rue de la Grange-Batelière.

ESTAMPES

BAUDOUIN et REGNAULT
(D'après)

I — *Le Bain.*

Le Lever.

> Deux charmantes petites estampes, se faisant pendants. gravées par Regnault (E. B., n° 20).
> Très belles épreuves *imprimées en couleurs*, la première pièce est avec la première adresse, celle de Regnault, dont on aperçoit seulement l'extrémité supérieure des lettres: la seconde est remargée.
> Cadres anciens.

BENWELL
(D'après J.-H.)

2 — *Cupid disarm'd.*

Cupid's revenge.

> Deux fort jolis petits médaillons, en hauteur et se faisant pendants, gravés par C. Knight.
> Très belles et rares épreuves *imprimées en couleurs*. Sans marges.

BOILLY

(D'après L.)

3 — *L'Optique.*
L'Amour couronné.

Deux grandes et très belles estampes, se faisant pendants, gravées par CAZENAVE.

Très belles épreuves *imprimées en couleurs,* la jeune femme debout, dans la première pièce, passe pour être le portrait de la seconde femme de Danton.

BOILLY

(D'après L.)

4 — *La Douce Résistance.*

Gravé par TRESCA.
Très belle épreuve *imprimée en couleurs.*
Cadre ancien.

BOILLY

(D'après L.)

5 — *On la tire aujourd'hui.*

Gravé par TRESCA.
Très belle épreuve *imprimée en couleurs.*
Cadre ancien.

BOILLY

(D'après L.)

6 — *La Tourterelle chérie.*
La Crainte mal fondée.

Deux grandes estampes, sujets enfantins se faisant pendants, gravées par ALLAIS.

Superbes et fort rares épreuves *imprimées en couleurs.*
Grandes marges.

BOUCHER
(D'après F.)

7 — *Portrait, grandeur nature, de Mme Baudouin.*

Gravé, en imitation de pastel, par L. BONNET en 1769.

Magnifique épreuve, avant toutes retouches, *imprimée avec ses huit planches de couleurs* plus, croyons-nous, une planche supplémentaire jaune qui teint en blond les cheveux du personnage et en jaune quelques-unes des fleurs qui ornent sa coiffure et son corsage.

Dans cet état, qui est de la plus grande rareté, cette estampe, qui ne porte pas encore le titre de : *Tête de Flore*, donne l'illusion complète d'un véritable et superbe pastel ; elle est doublée et n'a, comme toujours, que très peu de marge, elle a aussi quelques légers et très habiles rehauts *du temps* dans les fleurs, bien probablement de la main de l'un des artistes.

Cadre ancien.

BOUCHER
(D'après F.)

8 — *Portrait, grandeur nature, de Mme Deshays.*

Gravé, en imitation de pastel, par L. BONNET.

Très belle épreuve *imprimée en couleurs*. Marge.

Cadre ancien.

Ce portrait et le précédent, chefs-d'œuvre de L. Bonnet et de la gravure en imitation de pastel, ont longtemps passé pour être ceux de Mme de Pompadour et de Mlle Coypel, ce sont, en réalité, les portraits de Mmes Baudouin et Deshays, les deux filles de Boucher :

M. Prosper de Baudicour, l'auteur du *Peintre-Graveur français continué*, mentionne dans sa notice sur la vie de Boucher, dont il a décrit l'œuvre gravé dans son ouvrage (p. 38 du second volume), qu'il possède deux pastels du maître : *Le nombre de ses dessins est infini..., il* (Boucher) *fit aussi de charmants pastels et entr'autres, en 1766, les portraits de ses deux filles qui font aujourd'hui partie de notre cabinet et qui sont d'une exécution remarquable.*

Or, ces pastels n'étaient autres que des répliques de ceux

qui ont été gravés par Bonnet. M. de Baudicour les avait achetés en 1805, à l'âge de quinze ans, sur le conseil de son maître de dessin Pierre Lélu, *élève de Boucher*, qui lui certifia que non seulement c'étaient bien des œuvres originales de son maître, puisqu'il les lui avait vu faire, mais que c'étaient aussi les portraits de ses deux filles.

Ce renseignement, que nous tenons de M. de Baudicour fils et dont, par conséquent, on ne peut contester l'authenticité, ne laisse subsister aucun doute sur l'identité des personnages.

BOUCHER

(D'après F.)

9 — *Tête de jeune fille.*

De trois quarts à droite, la tête légèrement penchée.
Gravé, en imitation de pastel, par L. Bonnet en 1787.
Très belle épreuve *imprimée en couleurs*, tirée sur papier gris bleuté.
Cadre ancien.

BOUCHER

(D'après F.)

10 — *Tête de jeune fille.*

De profil à gauche.
Gravé, en imitation de pastel, par L. Bonnet.
Très belle épreuve *imprimée en couleurs*.
Cadre ancien.

BOUCHER

(D'après F.)

11 — *Les Nourrices.*

Gravé, en imitation de dessin au lavis, par Janinet.
Très belle épreuve.

CHALLE (?)

(D'après M.-A.)

12 — *La Douce Julie.*

La Jeune Agathe.

La Charmante Victoire.

La Belle Émilie.

Suite de quatre portraits de jeunes et jolies femmes, médaillons ovales, publiés à Paris chez Chaillou.

Superbes épreuves *imprimées en couleurs*, elles sont très fraîches et ont de grandes marges.

Cadres anciens.

CIPRIANI

(D'après C.-B.)

13 — *Portrait de jeune femme.*

En buste, de trois-quarts à gauche, les yeux levés au ciel, une main posée sur la poitrine.

Gravé, en imitation de crayon, par R. Earlom, publié en 1787.

Très belle épreuve tirée à deux tons. Très grande marge.

Cadre ancien.

DEBUCOURT

(L.-PH.)

14 — *Les Deux Baisers.*

Chef-d'œuvre du maître gravé, en 1786, d'après son tableau exposé au Salon de 1785 sous le titre : *la Feinte Caresse* (M. F., n° 7).

Superbe épreuve *imprimée en couleurs*. Excessivement rare de cette qualité.

Cadre ancien.

DEBUCOURT
(L.-PH.)

15 — *Le Menuet de la mariée.*

La Noce au château.

Deux des plus jolies estampes du maître, les plus réussies et les plus peintes suivant M. de Goncourt, se faisant pendants ; publiées en 1786 et 1789 (M. F., n°s 8 et 21).

Très belles épreuves *imprimées en couleurs ;* la première pièce est avant la retouche et avec un seul point à la suite de la date, la seconde est très habilement remargée au-dessous du titre.

DEBUCOURT
(L.-PH.)

16 — *Promenade de la Gallerie du Palais-Royal.*

Une des plus remarquables et des plus documentaires estampes du maître, publiée en 1787 (M. F., n° 11).

Très belle épreuve *imprimée en couleurs ;* la première ligne de l'adresse est manuscrite.

DEBUCOURT
(L.-PH.)

17 — *Promenade du jardin du Palais-Royal.*

Conservée seulement par tradition dans l'œuvre de Debucourt, cette très intéressante estampe, qui fait suite avec *la Promenade dans la Gallerie du Palais-Royal* et *la Promenade publique*, est gravée par Le Cœur d'après un dessin de Desrais (M. F., n° 1*).

Superbe épreuve *imprimée en couleurs*, avant la retouche et, par conséquent avec la première adresse, celle d'Aumont, quoique la justification manque, la marge inférieure étant coupée au-dessous de la première ligne de cette adresse ; sans marges sur les côtés.

DEBUCOURT
(L.-PH.)

18 — *La Main.*

Rare estampe publiée en 1788 (M. F., n° 18).

Très belle épreuve *imprimée en couleurs ;* elle est avec l'adresse de Depeuille, est très fraiche et a une très grande marge.

Cadre ancien.

DEBUCOURT
(L.-PH.)

19 — *La Rose mal défendue.*

Gravé d'après un dessin fait en 1791 (M. F., n° 27).

Cette estampe ainsi que la suivante paraissent être les premières planches d'un genre de gravure mixte imaginé par Debucourt, alliant le travail de l'eau-forte à celui de la roulette, sur fond d'aquatinte.

Très belle épreuve *imprimée en couleurs.*

DEBUCOURT
(L.-PH.)

20 — *La Croisée.*

Gravé d'après un dessin fait en 1791 (M. F., n° 28).

Très belle épreuve *imprimée en couleurs.*

DEBUCOURT
(L.-PH.)

21 — *La Promenade publique.*

Pièce capitale du maître publiée en 1792 (M. F., n° 33).

Très belle épreuve *imprimée en couleurs.* Marge du cuivre.

Cadre ancien.

DEBUCOURT
(L.-PH.)

22 — *Minet aux aguets*.

Gracieuse estampe ovale, en largeur, gravée à l'aquatinte et au pointillé, publiée par Depeuille en 1796 (M. F., n° 57).

Très belle et très fraiche épreuve en couleurs. Marge.

DEBUCOURT
(L.-PH.)

23 — *Frascati*.

Dessiné d'après un croquis pris sur le lieu en 1807 (M. F., n° 196).

Charmante et très intéressante estampe nous faisant connaitre l'intérieur du célèbre café-glacier, la luxueuse décoration de son grand salon et des autres salles dans l'une desquelles on entrevoit un orchestre et nous donnant, par la vue du nombreux public qui fréquentait ce lieu de plaisir, une idée des plus exactes et des plus complètes du monde élégant de cette époque.

Magnifique épreuve avec son *coloris du temps*, elle est d'une fraicheur exceptionnelle et a la marge du cuivre.

Cadre ancien.

DEMARTEAU
(G.)

24 — *Groupe d'amours*.

Gravé d'après Boucher (n° 153).

Très belle épreuve tirée à plusieurs tons.

Cadre ancien.

DEMARTEAU
(G.)

25 — *Tête de jeune femme*.

De profil à droite, les yeux levés au ciel.

Gravé d'après Boucher (n° 225).

Très belle épreuve tirée à plusieurs tons.

DEMARTEAU
(G.)

26 — *Buste de jeune fille.*

En buste, accoudée à gauche, la tête penchée.
Gravé d'après BOUCHER (n° 187).
Très belle épreuve tirée à plusieurs tons.

DEMARTEAU
(G.)

27 — *Tête de jeune femme.*

Vue de face, regardant à droite, très penchée sur le côté.
Gravé d'après BOUCHER (n° 217).
Très belle épreuve tirée à plusieurs tons.

Cadre ancien.

DEMARTEAU
(G.)

28 — *Jeune fille lisant Abailard* (sic).

En buste, de profil à droite, sur ses cheveux relevés un
nœud de ruban rouge.

Une des plus jolies et des plus gracieuses estampes du
maître, gravée d'après BOUCHER (n° 218).

Superbe épreuve, tirée à plusieurs tons, sur papier teinté
vert.

Cadre ancien.

DEMARTEAU
(G.)

29 — *Tête de jeune fille.*

De profil à droite, coiffée d'un coquet petit chapeau.
Gravé d'après FRÉDOU (n° 421).
Très belle épreuve tirée à deux tons.

DEMARTEAU

(G.)

3o — *Tête de jeune fille.*

> De profil à gauche, cheveux relevés et légèrement frisés.
> Gravé d'après BOUCHER (n° 275).
> Superbe épreuve tirée à plusieurs tons. Grande marge.
> Cadre ancien.

DEMARTEAU

(G.)

31 — *La Colombe chérie.*

**   *Le Gage de la Fidélité.***

> Deux petites estampes, se faisant pendants, gravées d'après
> HUET (n°ˢ 491 et 492).
> Très belles épreuves tirées à deux tons.

DEMARTEAU

(G.)

32 — *Enfants jouant avec des raisins.*

> Gravé d'après BOUCHER (n° 518).
> Très belle épreuve tirée à plusieurs tons. Rare
> Cadre ancien.

DEMARTEAU

(G.)

33 — *Jeune femme couchée sur une draperie.*

**   *Jeune femme étendue sur un dauphin.***

> Deux estampes, se faisant pendants, gravées d'après BOUCHER
> et HUET (n°ˢ 3⌠2 et 353).
> Très belles épreuves tirées à plusieurs tons.

DEMARTEAU
(G.)

34 — *Jeune fille à la rose.*

En buste, vue de face, les yeux baissés, une rose à son corsage.

Chef-d'œuvre du maitre et de la gravure en imitation de crayons ; gravé d'après BOUCHER (n° 563).

Superbe épreuve tirée à plusieurs tons, sur papier teinté vert. Très rare.

Cadre ancien.

DEMARTEAU
(G.)

35 — *Jeune Mère avec son enfant.*

Gravé d'après BOUCHER (n° 566).

Très belle épreuve tirée à plusieurs tons.

Cadre ancien.

DEMARTEAU
(G.)

36 — *Grandes Pastorales en largeur.*

Deux très belles estampes, se faisant pendants, gravées d'après HUET (n°s 601 et 602).

Très belles épreuves *imprimées en couleurs*. Remargées.

DEMARTEAU
(G.)

37 — *Petites Pastorales.*

Suite complète de quatre charmantes estampes, gravées d'après HUET (n°s 603 à 606).

Superbes et très fraiches épreuves *imprimées en couleurs*. Excessivement rares à trouver réunies et de cette qualité.

Cadres anciens.

DEMARTEAU
(G.)

38 — *Jeune Fille tenant un pot de fleurs.*
Femme de chambre russe.

> Deux estampes gravées d'après LE PRINCE, la seconde par
BONNET.
> Très belles épreuves tirées à plusieurs tons.
> Cadres anciens.

DESCOURTIS
(CH.-M.)

39 — *Frédérique-Sophie-Wilhelmine de Prusse, femme de*
Guillaume V, stathouder de Hollande.

> Très beau et très remarquable portrait, peut être le chef-
d'œuvre du maître. gravé d'après le pastel de TISCHBEIN.
> Superbe et très rare épreuve, avant toutes lettres, *imprimée*
en couleurs.

DESCOURTIS
(CH.-M.)

40 — *Frédérique-Louise-Wilhelmine de Prusse, femme de*
Guillaume Ier, roi des Pays-Bas.

> Charmant portrait gravé d'après TOZELLI, sous la direction
de HENTZI.
> Superbe épreuve, avant la lettre, *imprimée en couleurs,* seule-
ment les noms des artistes tracés à la pointe ; elle est de la plus
grande fraicheur et a une très grande marge.

DESCOURTIS
(CH.-M.)

41 — *Frédérique-Louise-Wilhelmine de Prusse, princesse hééditaire d'Orange et de Nassau.*

En buste et vue de face, la figure aimable et souriante, elle porte une haute coiffure bouclée, dont deux nattes retombent sur ses épaules légèrement découvertes.

Très gracieux portrait ovale sans noms d'auteurs.
Très belle épreuve *imprimée en couleurs.* Très rare.

DESRAIS
(D'après Cl.)

42 — *L'Amant pressant.*

Laquelle des deux aura la pomme?

Deux estampes ovales se faisant pendants.
Très belles épreuves *imprimées en couleurs.*

DOUBLET
(D'après)

43 — *Quatuor de Lucile, acte Ier.*

Gravé par J.-N. BOILLET.
Très belle épreuve *imprimée en couleurs.*
Cadre ancien.

ÉCOLE ANGLAISE

44 — *The Wanton trick.*

Innocent play.

Deux petits médaillons ovales se faisant pendants.
Très belles épreuves *imprimées en couleurs.*

3

ÉCOLE FRANÇAISE

45 — *Le Sacrifice de la rose.*
L'Étonnement de l'Innocence.

Deux petites estampes ovales, publiées à Paris, chez Bergny.

Très belles épreuves *imprimées en couleurs*; la première pièce est avant l'adresse.

Cadres anciens.

GARNERAY
(D'après)

46 — *Le Matin.*
Le Roman.

Deux estampes, se faisant pendants, gravées par Mixelle.

Superbes épreuves *imprimées en couleurs*; elles ont de grandes marges et sont très rares de cette qualité.

HOPPNER
(D'après J.)

47 — *Mrs. Benwell.*

En buste, assise et regardant de face, les cheveux bouclés retombant sur les épaules, elle est coiffée d'un grand chapeau orné d'un large ruban.

Très beau et très gracieux portrait gravé à la manière noire, par W. Ward; publié en 1783.

Superbe et très fraiche épreuve *imprimée en couleurs*. Très rare de cette qualité.

Cadre ancien.

HOPPNER
(D'après J.)

48 — *Sophia Western.*

Charmant portrait de Phébé Hoppner, la femme du peintre. Gravé à la manière noire, par J.-R. Smith; publié en 1784. Très belle épreuve *imprimée en couleurs*. Sans marges.

HOPPNER
(D'après J.)

49 — *Elisabeth, countess of Mexborough.*

Assise de trois-quarts à droite, les mains croisées et le coude appuyé sur une console, elle regarde de face adossée au socle d'une colonne au delà de laquelle on aperçoit un paysage.

Très beau portrait, de forme ovale, gravé à la manière noire par W. WARD : publié en 1784.

Très belle épreuve *imprimée en couleurs;* elle est sans marge et est entourée d'un encadrement dessiné.

Cadre ancien.

HUET
D'après J.-B.

50 — *L'Ar nt écouté.*
L'Éventail cassé.

Deux estampes, se faisant pendants, gravées par L. BONNET.

Très belles épreuves *imprimées en couleurs;* la seconde pièce est remargée.

Cadres anciens.

HUET
D'après J.-B.

51 — *La Déclaration.*
L'Amant pressant.

Deux estampes, se faisant pendants, gravées par LEGRAND.
Très belles épreuves *imprimées en couleurs.*
Cadres anciens.

HUET
(D'après J.-B.)

52 — *Le Maître de musique.*
Le Maître de dessin.

Deux estampes, se faisant pendants, gravées par L. BONNET.
Très belles épreuves *imprimées en couleurs.* Rares.
Cadres anciens.

JANINET
(F.)

53 — *Marie-Antoinette d'Autriche, reine de France et de Navarre.*

Un des plus beaux et des plus remarquables portraits de la reine ; publié en 1777.

Superbe épreuve *imprimée en couleurs ;* elle est rapportée sur son encadrement rehaussé d'or, lequel est non découpé.

Cadre ancien.

JANINET
(F.)

54 — *Mademoiselle Du T... (Duthé).*

Assise devant sa table de toilette, dont le miroir la reflète de profil, elle tient des roses d'une main, une lettre de l'autre.

Médaillon ovale, in-4°, gravé d'après Lemoine.

Très belle épreuve *imprimée en couleurs,* rapportée sur un encadrement teinté jaune avec filets et inscriptions gravées.

Cadre ancien.

JANINET
(F.)

55 — *Nina.*

Portrait de Mme Dugazon dans le rôle de Nina, ou *la Folle par amour,* opéra-comique de Dalayrac.

Gravé d'après Hoin en 1787.

Très belle épreuve *imprimée en couleurs.* Grande marge.

Cadre ancien.

JANINET
(F.)

56 — *La Toilette de Vénus.*

Gravé en 1783 d'après le célèbre tableau de F. Boucher.

Très belle épreuve *imprimée en couleurs,* tirée avant la suppression de l'un des Amours. La marge inférieure est rapportée.

JANINET
(F.)

57 — *Amour tu fais des jaloux.*
Tu blesse souvent et ne guéris pas.

Deux charmants médaillons ovales, se faisant pendants, gravés d'après BOUCHER.

Superbes et rares épreuves, avant toutes lettres, *imprimées en couleurs*.

Cadres anciens.

JANINET
(F.)

58 — *Modèles de coiffures.*

Deux têtes de jeunes femmes en médaillons ovales.

Très belles épreuves, *imprimées en couleurs*, montées en regard l'une de l'autre sur un encadrement dessiné.

Cadre ancien.

LAWREINCE
(D'après N.)

59 — *L'Aveu difficile.*

Gravé par JANINET en 1787 (E. B., n° 8).
Très belle épreuve *imprimée en couleurs*.
Cadre ancien.

LAWREINCE
(D'après N.)

60 — *La Comparaison.*

Gravé par JANINET en 1786 (E. B., n° 12).
Très belle épreuve *imprimée en couleurs*. Marge du cuivre.
Cadre ancien.

LAWREINCE

(D'après N.)

61 — *L'Indiscrétion*.

Gravé par Janinet en 1788 (E. B., n° 30).
Très belle épreuve *imprimée en couleurs*. Marge du cuivre
Cadre ancien.

LAWREINCE

(D'après N.)

**62 — *Le Déjeuner anglais*.
La Leçon interrompue.**

Deux estampes, se faisant pendants, gravées par Vidal
(E. B., n°s 17 et 35).
Très belles épreuves en couleurs; la seconde pièce est
remargée.

LAWRENCE

(D'après SIR TH.)

63 — *The Right Honorable, the Countess of Derby*.

Debout, de trois quarts à gauche, elle regarde de face,
enveloppée dans un manteau bordé de fourrures; sa main
gauche pend le long de son corps, tenant un très gros manchon.
Très beau portrait, in-f°, gravé par Bartolozzi; publié
en 1803.
Très belle épreuve *imprimée en couleurs*.

LAWRENCE

(D'après SIR TH.)

64 — *Master Lambton*.

Gravé à la manière noire par S. Cousins; publié en 1827.
Très belle et très rare épreuve *imprimée en couleurs*; elle
est très fraîche et a une grande marge.

LECLERC
(D'après)

65 — *La Voluptueuse.*

Gravé par Bonnet.

Superbe et très fraîche épreuve *imprimée en couleurs*, les ornements décorant les angles de l'encadrement teintés de bistre.

Cadre ancien.

LE PRINCE
(D'après J.-B.)

66 — *Les Œufs cassés.*

Très belle épreuve en couleurs. Marge.

Cadre ancien.

LE PRINCE
(D'après J.-B.)

67 — *Dame russe.*

Paysanne de Moravie, revenant du marché.

Deux estampes, se faisant pendants, gravées par L. Bonnet. Très belles épreuves tirées à plusieurs tons.

Cadres anciens.

MACHY
(D'après DE)

68 — *Vue des Tuileries du côté du château.*

Vue des Tuileries du côté du Pont-tournant.

Deux très intéressants petits médaillons ovales, se faisant pendants, gravés par Descourtis.

Superbes et très fraiches épreuves, du premier état, *imprimées en couleurs :* avant le drapeau tricolore sur les Tuileries dans la première pièce, et le remplacement de la statue de Louis XV par une statue allégorique, dans la seconde.

MALLET
(D'après)

69 — *Chit-Chit.*
 Par ici.

Deux piquantes petites estampes, se faisant pendants, gravées par COPIA.
Très belles épreuves *imprimées en couleurs.*
Cadres anciens.

MALLET
(D'après)

70 — *Julie, ou le premier baiser de l'Amour.*

Gravé par COPIA.
Superbe épreuve *imprimée en couleurs.* Très rare de cette qualité.
Cadre ancien.

MORLAND
(D'après G.)

71 — *A visit to the Boarding school.*
 A visit to the Child at nurse.

Deux grandes et très belles estampes, se faisant pendants, gravées à la manière noire, par W. WARD; publiées en 1788 et 1789.
Très belles épreuves *imprimées en couleurs.* Remargées.

MOUCHET
D'après

72 — *Les Chagrins de l'enfance.*

Gravé par LE CŒUR.
Très belle épreuve, *imprimée en couleurs*, tirée avant la suppression de la dédicace à la duchesse de Bourbon et avant que ses armoiries aient été remplacées par un fleuron.
Cadre ancien.

PETERS
(D'après W.)

73 — *Much ado about nothing, acte III, scène I.*

Grande pièce, en hauteur, gravée par P. Simon.
Très belle épreuve en couleurs.

REYNOLDS
(D'après Sir J.)

74 — *H^ble Mr Leicester Stanhope.*

A mi-corps, enfant, vu de face et jouant du tambour.
Charmante et très rare estampe, gravée par Bartolozzi ;
publiée en 1789.
Très belle épreuve *imprimée en couleurs:* le titre et l'adresse
sont manuscrits.
Cadre ancien.

REYNOLDS
(D'après Sir J.)

75 — *A Bacchante.*

A mi-corps, de profil à droite et regardant de face, la tête
couronnée de fleurs, elle sourit, le doigt de la main droite
malicieusement appuyée sur sa bouche, une longue mèche de
cheveux retombe sur ses épaules ; fond de paysage.
Ravissant et célèbre portrait de lady Hamilton, gravé à la
manière noire, par J.-R. Smith ; publié en 1784.
Superbe épreuve *imprimée en couleurs.* Sans marges.
Cadre ancien.

ROMNEY
(D'après G.)

76 — *Nature.*

A mi-corps, de trois-quarts à gauche, tête nue, elle sourit
langoureusement et regarde de face, un King's Charles sous
le bras, son corsage est ouvert et laisse voir la naissance des
seins ; fond de paysage.
Très gracieux portrait de lady Hamilton gravé à la
manière noire, par J.-R. Smith ; publié en 1784.
Superbe épreuve *imprimée en couleurs.* Sans marges.
Cadre ancien.

SAINT-AUBIN

(D'après A. DE)

77 — The First come Best Served.

The Place to the First occupier.

Deux estampes ovales, se faisant pendants, gravées par
Sergent (E. B., n°s 404 et 405).
Très belles épreuves *imprimées en couleurs.*

SAINT-AUBIN

(D'après A. DE)

78 — La Jardinière.

La Savonneuse.

Deux très jolies estampes, se faisant pendants, gravées par
A.-S. Phelypeaux, Jullien et Morret, vers 1793 (E. B.,
n°s 416 et 417).
Superbes et très fraîches épreuves *imprimées en couleurs.*

SCHROEDER

(D'après)

79 — Louisa, reigning Landgravine of Hesse-Darmstadt.

Médaillon ovale gravé par T. Burke.
Très belle épreuve en couleurs.

SERGENT

(A.-E.)

80 — Il est trop tard.

Dessiné et gravé par le maître; publié en 1789.
Très belle épreuve *imprimée en couleurs.*
Cadre ancien.

SMITH

(J. R.)

81 — *Mademoiselle Parisot.*

Célèbre danseuse de l'*Opéra House* de Londres, représentée en pied, esquissant un pas de danse et tenant, dans l'une de ses mains gracieusement élevée, une couronne de roses : fond de paysage.

Très belle estampe, gravée à la manière noire, d'après Dewis ; publiée en 1787.

Superbe épreuve *imprimée en couleurs.* Excessivement rare.

SMITH

(J. R.)

82 — *What you will. — Ce qui vous plaira.*

Une des plus spirituelles estampes de l'école anglaise : publiée en 1791.

Très belle épreuve *imprimée en couleurs,* du premier tirage : le nom du maître écrit sous le trait carré, au milieu de l'estampe ; une restauration dans la marge inférieure.

SMITH

(D'après J. R.)

83 — *Toughts on matrimony.*

Portrait d'une charmante jeune femme, assise de trois-quarts à droite, le coude appuyé sur le bras du fauteuil et la main soutenant le menton.

Médaillon ovale gravé, au pointillé, par W. Ward : publié en 1786.

Très belle épreuve *imprimée en couleurs.*

SMITH

(D'après J. R.)

84 — *The Frail Sister*.

Médaillon rond gravé au pointillé par J. Hogg.
Très belle épreuve tirée en bistre, légèrement rehaussée de couleurs.

TAUNAY

(D'après N.-A.)

85 — *Foire de village*.
***Noce de village*.**
***La Rixe*.**
***Le Tambourin*.**

Suite de quatre estampes gravées par Descourtis.
Très belles épreuves *imprimées en couleurs ;* les deux premières pièces sont très habilement remargées, les deux dernières sont avec la première adresse, celle de Descourtis.
Cadres anciens.

WARD

(J. R.)

86 — *Lucy de Leinster*.

Portrait d'une gracieuse jeune femme, en médaillon ovale, gravé au pointillé ; publié en 1788.
Très belle épreuve *imprimée en couleurs*, avec rehauts.
Cadre ancien.

Objets d'Art & d'Ameublement

DU XVIIIe SIÈCLE

ANCIENNES PORCELAINES DE SAXE

87. — GROUPE de trois personnages : *l'Amant découvert*. Une jeune femme prend son chocolat vis-à-vis de son compagnon, coiffé d'un bonnet de nuit: tous deux sont assis sur un lit de repos. Lui se retourne, attiré par les aboiements d'un petit chien, provoqués par la présence d'un jouvenceau sous le siège. Ancienne porcelaine de Saxe-Marcolini, décorée en couleur.

Haut., 12 cent.; larg., 12 cent.

88 — STATUETTE de joueur de vielle, assis sur un tertre; il est coiffé d'un chapeau de feutre noir et tient son instrument sur ses genoux. Décor en couleur. Modèle de Kandler. Ancienne porcelaine de Saxe.

Haut., 14 cent.

89 — STATUETTE de joueuse de cornemuse, assise, la tête ceinte d'un turban à rayures roses, enserrant une coiffe noire. Décor en couleur. Modèle de Kandler. Ancienne porcelaine de Saxe. (Cette statuette peut faire pendant à la précédente.)

Haut., 14 cent.

90-91 — DEUX PETITS CHEVAUX sellés, piaffant, sur terrasse à
tronc d'arbre et fleurettes, en ancienne porcelaine de Saxe,
décorée en couleur.

Haut., 11 cent.

92 — CERF debout auprès d'un tronc d'arbre, décor au naturel ;
terrasse à fleurettes, champignons, etc., en relief. Ancienne
porcelaine de Saxe.

Haut., 26 cent.

93-94 — DEUX CHIENS GRIFFONS en ancienne porcelaine de Saxe,
décorés au naturel ; ils sont assis sur des coussins simulés
en bronze patiné.

Haut., 21 cent.

95-96 — DEUX CAILLES en ancienne porcelaine de Saxe, décor
au naturel. Elles sont debout, une patte posée sur un rocher,
l'autre sur un épis de blé.

Haut., 16 cent.

97-98 — DEUX GROUPES, figurant *le Printemps et l'Eté,* composés
chacun de quatre enfants, dans des attitudes variées, jouant
avec des fleurs ou des gerbes de blé. Ancienne porcelaine
de Saxe, décorée en couleur.

Haut., 18 cent.

99 — GROUPE représentant |l'*Enlèvement d'Europe.* La déesse
est emportée par le taureau, que deux suivantes enguir-
landent de fleurs. Terrasse à rocailles. Ancienne porcelaine
de Saxe, décorée en couleurs, avec rehaut de dorure.

Haut., 23 cent.

100. — DEUX CORNETS à col évasé et renflement médian. Le décor, dans le goût chinois, présente des oiseaux et branchages se détachant sur fond vert olive, ainsi que quatre réserves quadrilobées, animées de volatiles. Ancienne porcelaine de Saxe. Marque AR en bleu.

Haut., 39 cent.

BRONZES ET VASES DE CHINE
MONTÉS EN BRONZE

101. — DEUX VASES en ancien céladon gris-vert craquelé de la Chine, de forme balustre et aplatie. Composés chacun de deux oiseaux debout affrontés, les becs venant se poser contre le col et formant anses. Monture en bronze mouluré et chaînettes. XVIIIᵉ siècle.

Hauteur totale, 30 cent.

102. — DEUX PETITES STATUETTES d'amour, en bronze patiné et bronze doré. Ils sont représentés debout, les bras tendus vers un petit autel sur lequel s'ébat une colombe. Socle cylindrique en marbre blanc, sur base carrée. Moulure en bronze. XVIIIᵉ siècle.

Haut., 22 cent.

PENDULE ET FLAMBEAUX

103. — PENDULE en forme d'autel, en marbre blanc et bronze ciselé et doré. Elle se compose d'un fût de colonne creusé de cannelures contenant le mouvement et le cadran, ce dernier marqué : *De Lalande, à Paris.* Il est orné de guirlandes de fleurs,

fruits et feuillages, retenus de chaque côté par un nœud de ruban fixé par une rosace. La base présente une bague à jeux d'amours. Une statuette d'amour debout, portant ses attributs, le surmonte, contemplant deux colombes se becquetant à terre auprès d'une torche enflammée. Époque Louis XVI.

Haut. 42 cent.

104 — DEUX PETITS FLAMBEAUX-CASSOLETTES en bronze finement ciselé et doré. Le binet est compris entre trois pieds à têtes de béliers et pieds fourchus. Les trois têtes sont reliées par des guirlandes de feuillages de laurier. La base triangulaire à rang de perles et moulures ornées de feuilles d'eau. Elle supporte un fleuron au centre. Époque Louis XVI.

Haut., 13 cent. 1/2.

105 — PETIT BRULE-PARFUM en bronze ciselé et doré : il est formé par trois pieds à consoles se terminant par des sabots fourchus, et réunis par des guirlandes de feuillage de laurier enrubannées. Les pieds contiennent un cercle recevant un couronnement ajouré, à gorge, et surmonté d'une graine ; cet ensemble repose sur une base circulaire, présentant une frise d'entrelacs, un rang de perles, et, au centre, un fleuron muni d'un bouchon simulant une flamme. Socle en albâtre. Époque Louis XVI.

Haut., 19 cent.

SIÈGES VARIÉS

106 — DEUX CHAISES en bois sculpté doré, à pieds fuselés et cannelés ; les montants des dossiers sont munis de colonnettes détachées, surmontées de fruits à graines. Le décor consiste en rais de cœur, godrons, culots de feuillage, rosaces. Époque Louis XVI. Garniture d'ancien velours gris, à petites rayures.

Larg., 48 cent.

MOBILIER DE SALON ET FAUTEUILS

RECOUVERTS EN TAPISSERIE

107 — MOBILIER DE SALON en bois sculpté doré, à décor de perles, rais de cœur et larges feuillages ; les pieds sont fuselés à cannelures rudentées ; les montants des dossiers sont surmontés de culots renversés. Il se compose : d'un canapé et six fauteuils, garnis, aux sièges et aux dossiers, d'ancienne tapisserie d'Aubusson, offrant des corbeilles sur les sièges et des paniers chargés de fleurs soutenus par des nœuds de ruban, aux dossiers. Alentour, rinceaux à culots de feuillages, enguirlandés de cordons de fleurs. Contrefond bleu ciel. Époque Louis XVI.

Longueur du canapé, 1 m. 90.
Largeur d'un fauteuil, 60 cent.

108 — DEUX FAUTEUILS en bois sculpté et doré, décorés de moulures à feuilles d'acanthe, rangs de perles et rosaces. Les pieds sont fuselés et cannelés, l'un du temps de Louis XVI. Ils sont recouverts, aux sièges et aux dossiers, d'ancienne tapisserie fine de la manufacture royale de *Beauvais* ou des *Gobelins,* du temps de la Régence, présentant des bouquets de fleurs et de fruits sur fond clair. Alentour à guirlandes de fleurettes et rinceaux. Contrefond rouge.

Larg.. 52 cent.

MEUBLES ANCIENS

EN MARQUETERIE

109 — PETIT CHIFFONNIER étroit, de forme mouvementée, à côtés
fuyants, à angles abattus, en placage de bois de violette.
Il est muni de cinq tiroirs. Estampille de *Coulon. (Rue Plâ-
trière, au fort, bureau de l'Isle, 1751.)* Dessus de marbre
blanc veiné. Époque Louis XV.

Haut., 1 m. 30 ; larg., 57 cent.

110 — PETITE COMMODE étroite, de forme mouvementée, en
marqueterie de bois de couleur. Elle repose sur quatre pieds
élevés et contient deux tiroirs. Décor à gerbes et tiges de
fleurs, et nœuds de ruban, dans des encadrements à filets.
Elle est agrémentée de chutes, petites poignées de tirage,
cul-de-lampe et sabots en bronze ciselé et doré. Estampille
du maître ébéniste *Tuart*. Dessus de marbre brèche d'Alep.
Époque Louis XV.

Haut., 84 cent. ; larg., 48 cent.

111 — SECRÉTAIRE droit, de forme légèrement galbée, les côtés
fuyants, en marqueterie de bois de couleur. La face et les
côtés offrent des gerbes de fleurs comprises dans des encadrements à doubles baguettes entrelacées aux angles. Il est
muni d'un tiroir décoré de tiges de fleurs, interrompues au
centre par un médaillon à quadrillés et fleurons, de deux
portes et d'un abattant ; ce dernier dissimule l'intérieur,
contenant sept tiroirs et cinq casiers, de forme mouvementée,
également en marqueterie. Dessus de marbre brèche d'Alep.
Époque Louis XV.

Haut., 1 m. 43 ; larg., 95 cent.

112 — **Petit meuble de milieu** en marqueterie de bois de couleurs. De forme galbée, il repose sur quatre petits pieds. La
face et les côtés latéraux sont décorés de carrelages à cubes,
dans des encadrements à filets. Il est muni de deux portes
surmontées de deux tiroirs. Ornementation de bronzes ciselés
et dorés. Dessus de marbre marron, veiné de blanc, encastré
et ceinturé d'une galerie ajourée en cuivre. Époque Louis XV.

Haut., 73 cent.; larg., 45 cent.

113 — **Petit bureau** de dame, à quatre faces, de forme mouvementée, en marqueterie de bois de couleurs. Il ouvre à
cylindre. La ceinture contient trois tiroirs. Le décor consiste
en médaillons encadrés de filets et offrant, soit des fleurs,
soit des carrelages à cubes, ou des quadrillés. L'intérieur
renferme quatre tiroirs et un casier. Petites poignées, entrées
de serrure, et sabots en bronze. Époque Louis XV.

Haut., 96 cent.; larg., 82 cent.

114 — **Petite table poudreuse** en forme de cœur : elle repose
sur trois pieds élevés et cambrés, en marqueterie de bois de
couleurs. Le décor offre, sur toutes les faces, des gerbes de
fleurs liées par des rubans noués. Le dessus ouvre à char-
nières et présente une corbeille de fleurs ; il est garni d'une
glace intérieurement. Elle est munie d'une porte sur le côté
droit. La ceinture contient deux compartiments ouvrant à
ressort et un très petit tiroir. Époque Louis XV.

Haut., 70 cent.; larg., 46 cent.: profond., 48 cent.

115 — **Encoignure** en marqueterie à fleurs, en bois de couleurs,
de forme légèrement cintrée. La porte offre un médaillon
ovale chargé d'une gerbe de fleurs, liée par un ruban noué.
Elle est enrichie de bronzes ciselés et dorés, tels que : moulures d'encadrement à feuillages et entrelacs, rosaces et
chutes. Dessus de marbre brèche d'Alep. Fin de l'époque
Louis XV.

Haut., 88 cent.; larg., 74 cent.

116 — PETITE TABLE-BUREAU de dame, de forme ovale, reposant sur quatre pieds cambrés, réunis par une tablette d'entrejambes, en marqueterie de bois de rose et bois de couleur. La ceinture est décorée d'une frise d'entrelacs losangés avec fleurons, interrompue par quatre médaillons. Elle contient un tiroir de face, formant écritoire. Dessus de marbre blanc, encastré et ceinturé d'une galerie ajourée en cuivre. Fin de l'époque Louis XV.

Haut., 69 cent., larg., 49 cent.

117 — PETITE TABLE de forme ovale, sur quatre pieds élevés et cambrés, réunis par une tablette d'entrejambes, en marqueterie de bois de rose et de bois de couleur, décorée d'une frise d'entrelacs losangés et de fleurons. La ceinture contient un tiroir de face. Dessus de marbre blanc encastré, ceinturé d'une galerie ajourée en cuivre. Fin de l'époque Louis XV.

Haut., 72 cent.; larg., 49 cent.

118 — PETIT MEUBLE D'ENTRE-DEUX en bois de rose et amarante, de forme droite. Les coins arrondis offrent des cannelures simulées. Il ouvre à deux portes et repose sur quatre petits pieds cambrés. L'ornementation de bronze ciselé et doré se compose de moulures plates formant encadrement, de rosaces, chutes et sabots. Estampille du maître ébéniste *Garnier*. Dessus de marbre brèche d'Alep. Fin de l'époque Louis XV.

Haut., 83 cent.; larg , 77 cent.

119 — GUÉRIDON rond, sur quatre pieds cannelés, réunis par une tablette d'entrejambes évidée. La ceinture contient deux tiroirs et deux tirettes. Dessus de marbre blanc encastré, ceinturé d'une galerie ajourée en cuivre; baguettes d'encadrement de même métal. Époque Louis XVI.

Haut., 74 cent.; diam., 60 cent.

120 — **Petite table** rectangulaire, en marqueterie de bois de couleurs, reposant sur quatre pieds carrés en gaine. Elle est décorée d'une frise d'entrelacs à fleurons, de vases et de tiges de fleurs et de chutes de feuillages. L'ornementation de bronze se compose d'entrées de serrures, de petites moulures plates et de rosaces. Dessus de marbre de couleur encastré. Époque Louis XVI.

Haut., 70 cent.; larg., 46 cent.

121 — **Petit meuble d'entre-deux** formant secrétaire, en acajou. De forme droite, à côtés cintrés, munis de quatre tablettes garnies de marbre blanc. Il ouvre à abattant, deux portes et un tiroir, cantonnés de pilastres cannelés, et repose sur quatre pieds toupies. Il est enrichi d'une frise d'entrelacs à fleurons, d'encadrement de moulures à oves, de baguettes, en bronze ciselé et doré. Dessus de marbre blanc veiné, ceinturé d'une galerie ajourée. Époque Louis XVI.

Haut., 1 m. 20 ; larg., 79 cent.

122 — **Petit bureau** de dame, dit *Bonheur du Jour*, à quatre faces ; de forme droite, à angles abattus, en bois de placage et marqueterie à fleurs en bois debout. Il repose sur quatre pieds carrés en gaine, réunis par une tablette d'entrejambes. La ceinture contient un tiroir formant écritoire, décoré d'une frise de rinceaux. La partie supérieure ouvre à deux portes, surmontées d'un tiroir agrémenté d'une frise de postes. Il est couronné par une galerie ajourée en cuivre. Estampille du maître ébéniste *Roussel*. Époque Louis XVI.

Haut., 1 m. 06 ; larg., 69 cent.

123 — **Commode** en marqueterie de bois de rose et bois de couleur. De forme droite, à léger ressaut central. Elle est décorée, sur la face et sur les côtés latéraux, d'un trophée

d'instruments de musique, suspendu par un nœud de ruban ; de gerbes de fleurs et de vases à piédouche, enguirlandés et chargés de fleurs et feuillages. Les pans coupés et les pieds fuselés offrent des cannelures simulées. Elle contient trois tiroirs. L'ornementation en bronze ciselé et doré se compose d'une frise de flots grecs, de moulures plates, chutes à sequins et guirlandes, d'un cul-de-lampe, d'anneaux de tirage, de rosaces, etc. Dessus de marbre brocatelle fond rose. Époque Louis XVI.

Haut., 89 cent.; larg., 1 m. 30.

TAPIS D'ORIENT

124 — GRANDE CARPETTE d'Orient, à semis de motifs réguliers sur fond bleu foncé. Encadrement de petites bordures à fond blanc et rouge.

Long., 4 m. 05 ; larg., 3 m. 20.

Collection de M⁽ˡˡᵉ⁾ DELLA TORRE

TRÈS BELLES ESTAMPES

des Écoles Anglaise et Française du XVIIIᵉ Siècle

OBJETS D'ART & D'AMEUBLEMENT

DU XVIIIᵉ SIÈCLE

Carte d'Entrée à l'Exposition particulière

HOTEL DROUOT, Salles Nᵒˢ 7 & 8 réunies

Le Mardi 5 Mai 1914, de 1 heure 1⁄2 à 6 heures

COMMISSAIRES-PRISEURS

Mᵉ F. LAIR-DUBREUIL | Mᵉ HENRI BAUDOIN

EXPERTS

M. A. DANLOS   MM. PAULME & B. LASQUIN Fils

3500

93. 94	deux chiens sax u. nls	~~soln~~ ~~v~~ iscle	3600
101	deux vases céladon		
107	mobilier salon	~~u.~~ ag	
108	deux fauteuils	gl.	
111	secrétaire	~~gn.~~ gd.	
112	petit meuble	~~t.~~ gs lss	
114	poudreuse	l.	
115	encoignure	r.	
122	bonheur du jour	gr. ~~lss~~ gi lss